Geister

Text und Zeichnung: Jeph Loeb und Tim Sale
Lettering: Michael Möller
Colorierung: Gregory Wright
Übersetzung: Frank B. Neubauer
Redaktion: Studio Red Act

Batman wurde geschaffen von Bob Kane.
Die Geschichte basiert auf der Erzählung
„Ein Weihnachtslied“
von Charles Dickens.

ehapa
COMIC COLLECTION

1. Auflage
EHAPA COMIC COLLECTION, 70146 Stuttgart
70146 Stuttgart
Übersetzung aus dem Amerikanischen: Frank Neubauer
Chefredaktion: Michael F. Walz
Chefredakteur Trendthemen und verantwortlich
für dieses Album: Georg F. W. Tempel
Redaktion: Studio Red Act
Lettering: Michael Möller
Gestaltung: Wolfgang Keller
Buchherstellung: Andreas Jakob und Annick Toussaint
Originaltitel: «Ghosts – A Legends Of The Dark
Knight Halloween Special»

Druck und Verarbeitung: MA-TISK, Slowenien
Lizenz über Agentur Hans W. Fuchs, Stuttgart
ISBN 3-7704-1387-3

Es war der Abend vor Halloween...
BRUCE?
LUCIUS?
ES IST JAHRE HER...
NEIN... ECHT?
UND NUN TREFFEN WIR UNS AUSGERECH-NET IN GOTHAM WIEDER.
WISSEN SIE, WAS ICH WÜNSCHTE?
HMM?
SIE HÄTTEN MEIN ANGEBOT AKZEPTIERT.
WAS WIR ALLES HÄTTEN ERREICHEN KÖNNEN.
ICH HABE SCHON VIELE GELEGENHEITEN VERPASST, LUCIUS.
SEIEN SIE MIR NICHT BÖSE.

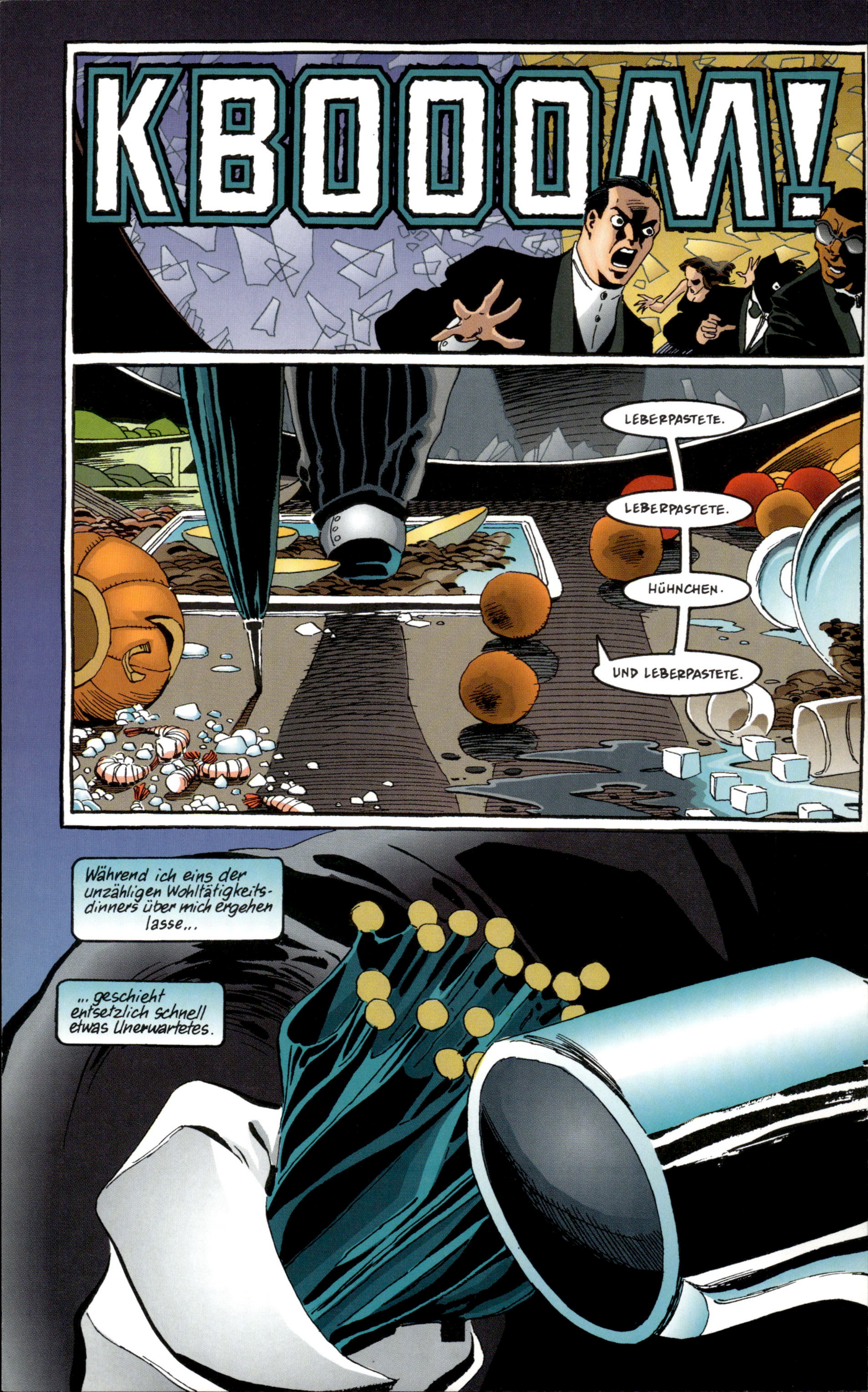
KBOOOM!
LEBERPASTETE.
LEBERPASTETE.
HÜHNCHEN.
UND LEBERPASTETE.
Während ich eins der unzähligen Wohltätigkeits-dinners über mich ergehen lasse...
... geschieht entsetzlich schnell etwas Unerwartetes.

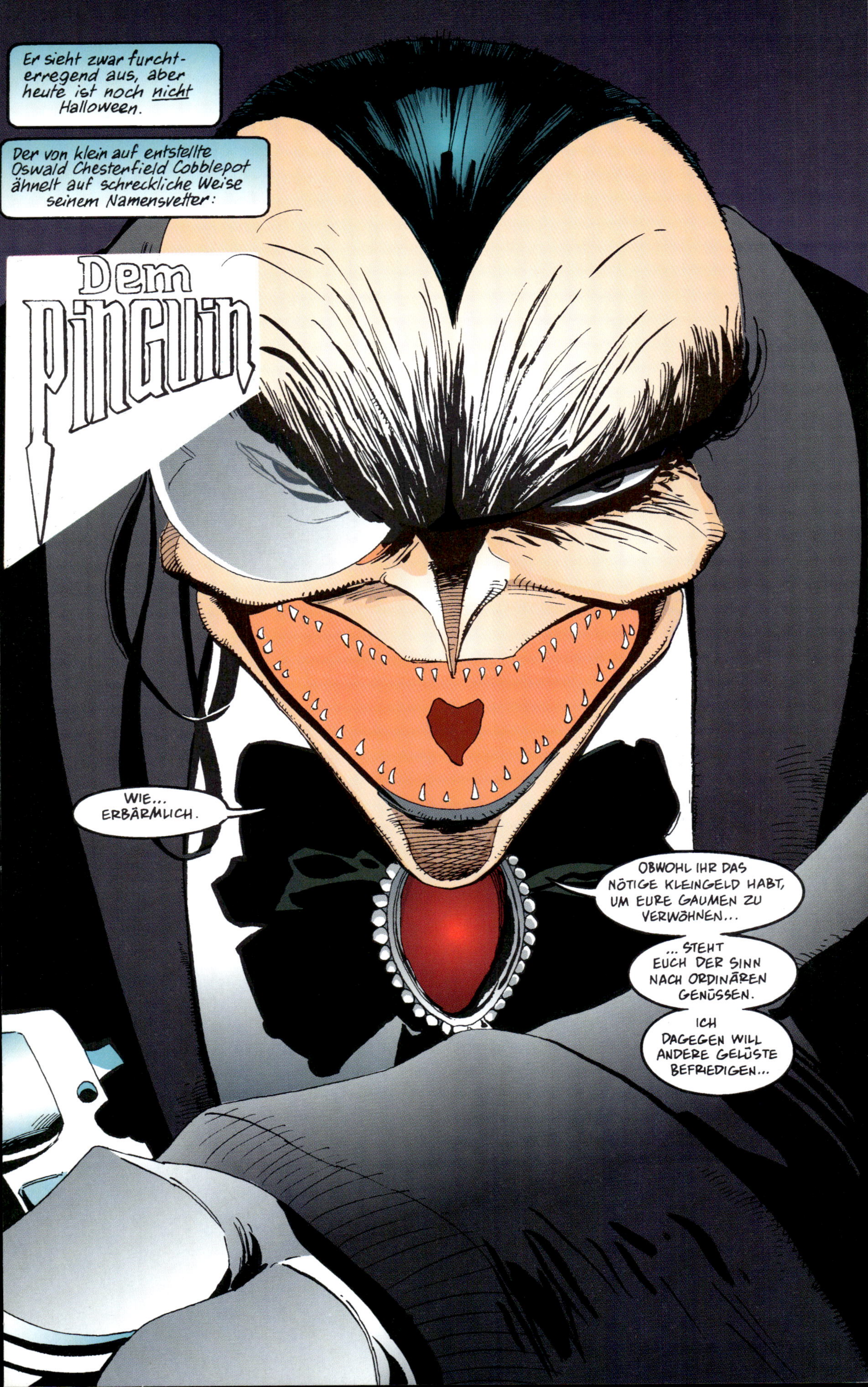
Er sieht zwar furchterregend aus, aber heute ist noch nicht Halloween.
Der von klein auf entstellte Oswald Chesterfield Cobblepot ähnelt auf schreckliche Weise seinem Namensvetter:
Dem Pinguin
WIE... ERBÄRMLICH.
OBWOHL IHR DAS NÖTIGE KLEINGELD HABT, UM EURE GAUMEN ZU VERWÖHNEN...
... STEHT EUCH DER SINN NACH ORDINÄREN GENÜSSEN.
ICH DAGEGEN WILL ANDERE GELÜSTE BEFRIEDIGEN...

... UND MEINEN UNMÄSSIGEN APPETIT STILLEN!
BLAM BLAM BLAM!
KCHOW KCHOW KCHOW KCHO
ALLES IN DECKUNG!
EIN HELD.
EINEN GIBT ES IMMER.

BLAM
ICH NEHME AN, WEITERE ANWEISUNGEN SIND UNNÖTIG.
BRUCE WAYNE WAR EIN GUTER MANN...
... ABER ER VERGEUDETE UNSER ALLER KOSTBARSTES GUT.
ZEIT.
ALSO, IHRE BRIEFTASCHE. UND DAS MEDAILLON.
MEIN... MEDAILLON...
INTERESSANTES STÜCK.

Der große Auftritt ist geplant.
Ich will die Aufmerksamkeit des Pinguins auf mich lenken.
Die Opfer auf ein einziges beschränken...

... den Pinguin selbst.
AHH... BATMAN.
AUCH WENN ICH EINE SCHWÄCHE FÜR FLIEGENDE WESEN HABE...
... GEFLÜGELTE RATTEN GEHÖREN NICHT DAZU.
WAFFE WEG.
LOS.

Der Befehl war überflüssig.
Hier hilft nur ein schneller Schlag.

Gnadenlos.
Manche würden sagen...
...brutal.
Falls du auf eine Schlägerei aus bist...
...bin ich kein guter Partner.
Statt mir eine weitere Niederlage einzuhandeln
...gehe ich lieber.
Menschen sind in Gefahr.
Der Zweck heiligt fast jedes Mittel.
Leb wohl, schnöde Welt!

E-ER HAT SICH UMGE-BRACHT.
ER WAR SICHERLICH **VERRÜCKT!**
NEIN.
Ein Wurf.
Ich habe Halt.

Ein kobaltgefütterter, einstrahliger Raketenantrieb. Er erreicht eine Geschwindigkeit von Mach drei.
Alfred informierte mich über den Diebstahl eines Prototypen aus den Primatek-Labors in Gotham.

EY?
Damit ist klar...
... DIESER PINGUIN KANN FLIEGEN!

DU VERFLUCHTER IDIOT!
DEIN ZUSÄTZLICHES GEWICHT...
...BRINGT UNS BEIDE UM!
ODER
WIR LANDEN SICHER.
JETZT GLEICH.
KCHING
MIR IST DAS RISIKO LIEBER.
SCRITCHY-SCRATCHY
SCRITCHY-SCRATCHY
UND BALLAST KIPPEN.

Die Weigerung des Pinguins kommt nicht unerwartet.
Sein aufgeblasenes Ego bestimmt sein Handeln...
...trübt seinen Blick für vernünftige Lösungen...
...und führt zu einem äußerst schmerzhaften Ende.
Ich kann mir diesen Luxus nicht leisten.

Für den Beschützer von Gothams Bewohnern...
... ist Gerechtigkeit blind.
Effizient.
Und streng.
Ich habe gelernt, meine Entscheidungen nicht von persönlichen Schwächen abhängig zu machen.
woagk...!

Wayne Manor.
Das Haus meines Vaters.
Das wird es immer bleiben, egal, wie lange ich hier wohne.
Ich brauche eine Ausrede, um mein... Verschwinden vom Wohltätigkeitsfest zu erklären.
Alfred fällt sicher etwas ein.
Er weiß immer was.
MÜDE.
HMM...
... HUNDE-MÜDE.
HABEN SIE DEN SCHLÜSSEL VERLOREN, SIR?
ODER WOLLTEN SIE NUR ÜBERPRÜFEN, OB ICH UM DIESE ZEIT NOCH WACH BIN?
ALFRED...

KANN ICH SIE ZU EINER HEISSEN SCHALE CONSOMMÉ BEWEGEN, MASTER BRUCE?
VERMUTLICH GAB ES NUR DIESE UNSÄGLICHE LEBERPASTETE, DIE HEUTE JEDERMANN ANBIETET.
SHRIMP.
SOLL ICH DAS ALS BELEIDIGUNG VERSTEHEN, SIR?
ODER MEINTEN SIE DAS MENÜ?
MIR WÜRDE ES NICHT EINFALLEN, ZU DIESER JAHRESZEIT SCHALENTIERE ZU SERVIEREN.
DABEI FÄLLT MIR EIN, ICH KÖNNTE ETWAS GEGESSEN HABEN...
...DAS MIR NICHT BEKAM.
WENN SIE *VERSPRECHEN,* HEUTE NACHT NICHT MEHR DAVONZUSCHLEICHEN...
...SEHE ICH ZU, DASS SIE NICHT MEHR GESTÖRT WERDEN.

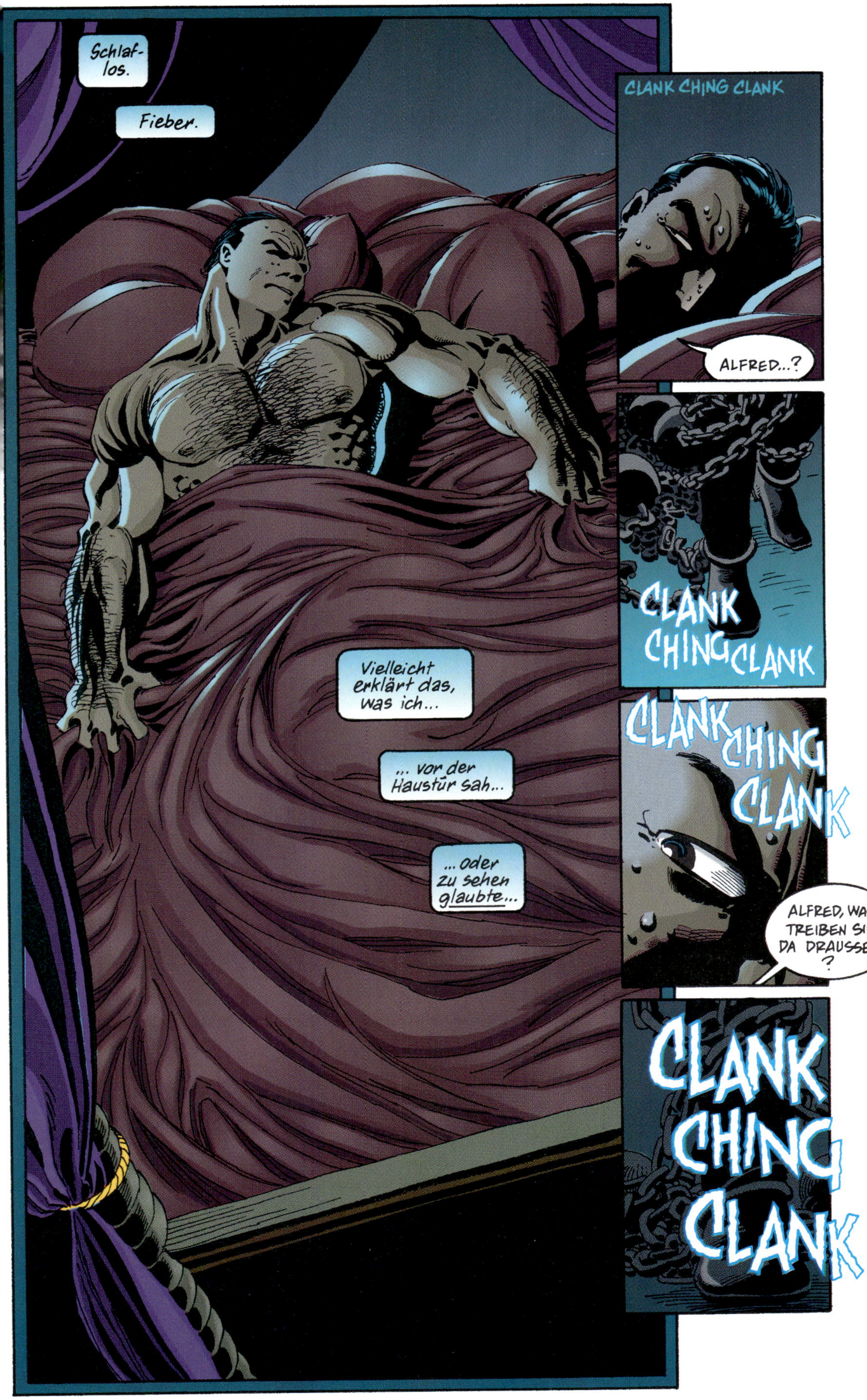
Schlaf-
los.
Fieber.
CLANK CHING CLANK
ALFRED...?
CLANK
CHING CLANK
CLANK CHING
CLANK
ALFRED, WAS TREIBEN SIE DA DRAUSSEN?
Vielleicht erklärt das, was ich...
... vor der Haustür sah...
... oder zu sehen glaubte...
CLANK
CHING
CLANK

Guten Abend.
Bruce.
... VATER...?

NEIN!
Verschwende nicht unsere begrenzte Zeit damit, meine Existenz zu leugnen.
Sieh dir statt dessen meine Last genau an.
Es sind die Ketten meines Lebens.
Ich habe sie Glied für Glied geschmiedet.
Besessen von meiner ärztlichen Pflicht übersah ich, was wirklich wichtig war.
JEMAND ERLAUBT SICH EINEN HALLOWEEN-SPASS...
...EINEN PERVERSEN STREICH!
SIE IRREN SICH! MEIN VATER HAT LEBEN GERETTET!
ER WAR EIN GROSSER MANN!
Bruce...
Aus Liebe zu dir wage ich, dich zu besuchen.
Ich hoffe, es ist nicht zu spät.
Deine Besessenheit als Batman...
...schmiedet eine noch größere, schwerere Kette!

Heute nacht, wenn die Uhr eins schlägt...
... kommt der erste von drei Geistern zu dir.
Beherzige ihre Warnungen, mein Sohn.
BEHERZIGE IHRE WARNUNGEN!
SIE WAGEN ES...!
SIE WAGEN ES, HIER EINZU-BRECHEN...
... UND MEINEN VATER ZU VER-HÖHNEN!
Es... war nur ein Traum.
Im Fieber.
Das ist die einzige Erklärung...

BONG
WAS?
DIE UHR...?
WAS GEHT HIER VOR?!

HALLO, LIEBSTER.
LANGE NICHT GE-SEHEN.
POISON IVY?!
Pamela Isley, die verrückte Botanikerin.
Plötzlich ergibt alles einen Sinn...

DEIN VERDACHT SCHMEICHELT MIR, ABER HEUTE NACHT BIN ICH NUR STATISTIN...
... NICHT REGISSEURIN.
DIE ECHTE PAMELA ISLEY SITZT IN ARKHAM, WO DU SIE HINGEBRACHT HAST.
DU HAST MICH IRGENDWIE VERGIFTET.
DRANGST IN MEIN HAUS.
IN MICH.
WIR GEISTER WÄHLTEN DIESE GESTALTEN NUR WEGEN DIR.
ANDEREN ERSCHEINEN WIR ALS ETWAS ODER JEMAND ANDERES...
NICHT... DEIN KUSS IST... GIFTIG...
RUHIG.
WEHR DICH NICHT.
LASS DICH LEITEN...
...VON DEN GEISTERN...
...SIE SIND KLUG...

ERKENNST DU DIESEN ORT?
NATÜRLICH. DAS IST DIE EINGANGSHALLE.
VERMUTLICH.
MUTTER!
... ABER...
NEIN!
DAS IST... WAR... VOR JAHREN...
ICH BIN FERTIG!
Das... bin ich!
DEIN KOSTÜM SIEHT TOLL AUS!
ICH HAB'S SELBST GEMACHT.
ALFRED HAT MIR GEHOLFEN.
IST DAD SCHON DA?
BRUCE...
DEIN VATER HAT ANGERUFEN ...
... ICH WEISS SCHON.
ER MUSS ARBEITEN ...!

DAS IST UNFAIR!
ER HAT VERSPROCHEN, MIT MIR HALLOWEEN ZU FEIERN!
ER HAT'S VERSPROCHEN...
ICH WEISS.
ABER ER HAT EINEN NOTFALL...
IMMER HAT ER EINEN NOTFALL!
DEIN DAD WOLLTE KOMMEN... ER KONNTE WIRKLICH NICHT...
BATMAN.
SIE SEHEN UND HÖREN DICH NICHT.
ICH WILL AUF IHN WARTEN.
DIE GANZE NACHT, WENN'S SEIN MUSS!
BRUCE, ICH KÖNNTE DICH JA BEGLEITEN.
ODER WIR RUFEN EIN PAAR DEINER KAMERADEN AN UND FEIERN MIT IHNEN.
SIE... WEISS... JA NICHT...

WIR KÖNNEN KEINEN ANRUFEN.
ICH HABE KEINE SCHUL-FREUNDE.
BRUCE...
IVY.
HÖR ENDLICH AUF DAMIT.
WAS IMMER DAS FÜR EIN BANN IST...
... DU HAST DEIN ZIEL ERREICHT.
WIRKLICH.
DU WIRST BALD MERKEN MÜSSEN, DASS DIESE NACHT ANDERS IST.
WIR HABEN... NOCH VIELES VOR UNS...

„... DAMALS..."
Paris. Notre Dame.
Nach dem Tod meiner Eltern war ich hier...
WAS WOLLEN WIR HIER, IVY?
PSST... GEDULD.
MUSST DU DENN IMMER HETZEN?
Das ist Lucius Fox... als junger Mann...
KEIN SPIEL. WIR WOLLEN GELD.
TON ARGENT, AMÉRICAIN.
ICH MUSS ETWAS TUN...
...SIE AUFHALTEN!

GENAU.
WEISST DU NOCH?
Das... bin ich!
Ich hatte vergessen...
... wie toll-kühn ich damals war.

WAS DIR AN MANIEREN FEHLTE, MACHTEST DU MIT TATKRAFT WETT.
ICH WAR EIN... ANFÄNGER. OHNE WAFFEN, OHNE KOSTÜM.
WIRKLICH NAIV.
IM GEGENSATZ ZU DEINER LUFTSCHLACHT MIT DEM PINGUIN?
WIE KANNST DU DAVON WISSEN ?
WOHER WEISST DU ÜBERHAUPT ALLES DAS?
IHRE SACHEN.
D-DANKE. SIE SIND AMERIKANER?
MEIDEN SIE NACHTS BESSER DIESE GEGEND.
ES IST GEFÄHRLICH.
HALT!
DARF ICH SIE WENIGSTENS ZUM ESSEN EINLADEN... ?

BRUCE WAYNE.
DER BRUCE WAYNE?
STREUNT NUR SO DURCH PARIS?
HM? JA, SIEHT SO AUS.
HÖREN SIE, ICH STELLE MIR VOR...
UNSERE BEGEGNUNG KÖNNTE SICH ALS... GLÜCKSFALL ERWEISEN.
FÜR UNS BEIDE.
WIE MEINEN SIE DAS?
ICH BIN FINANZ-BERATER...
... UND MIT IHREM VERMÖGEN KÖNNTEN WIR ETWAS WIRKLICH AUSSERORDENTLI-CHES LEISTEN.
NEIN, DAS GELD...
... UND ICH...
... SIND BEREITS ANDERSWO GEBUNDEN.
DU WARST ZIEMLICH SCHROFF, NICHT?
ER WOLLTE DIR NUR EINE GELEGEN-HEIT BIETEN...
LUCIUS HÄTTE ES NICHT VERSTANDEN.
DAS HÄTTE KEINER.
ICH TAT EINEN SCHWUR.
FÜR MEINE ELTERN.
GOTHAM CITY VON DEM ZU BEFREIEN, DAS SIE UM-GEBRACHT HATTE.

HÄTTEN DEINE ELTERN GEWOLLT, DASS DU IHR AN-DENKEN DERART BEWAHRST?
DAS VERSTEHST DU NICHT.
DAS KANN KEINER.
MEINST DU...?
... MEINST DU...!

Wach...!
RUHIG.
IM BETT.
DAS GANZE... WAR NUR EIN ALPTRAUM...
... DIE KRABBEN ...
Das Waschbecken ist kalt.
Mein Kopf glüht.
BONG BONG
he-Heee-Ho-ha!
Gelächter?

WAS IST DAS?!
Hee-hee-HOO-ha!
SO IRRE LACHT NUR EIN EINZIGER...

Joker. Joker. JOKER!

HEE-HOO- ha ha hwa-ha ho ho ho hoo-ho ha-ha-haa-- hwa hoo hoo haaaa HEEEEee--
hih.

UUU.
WÜSTE KEILEREI.
DANEBEN.
DANEBEN.
JETZT KRIEGE ICH EINEN KUSS.
WEISST DU, FÜR DEN „GRÖSSTEN DETEKTIV DER WELT"...
... BEGREIFT DEIN BETONSCHÄDEL REICHLICH LANGSAM, DASS DU MICH NICHT PACKEN KANNST.
ES IST DOCH SINNLOS, AUF EINEN TOTEN GAUL EINZUPRÜGELN, BATSI.
ES SEI DENN, DU HAST WAS ÜBRIG FÜR PFERDEFLEISCH.
Noch einer von diesen...
... Geistern?

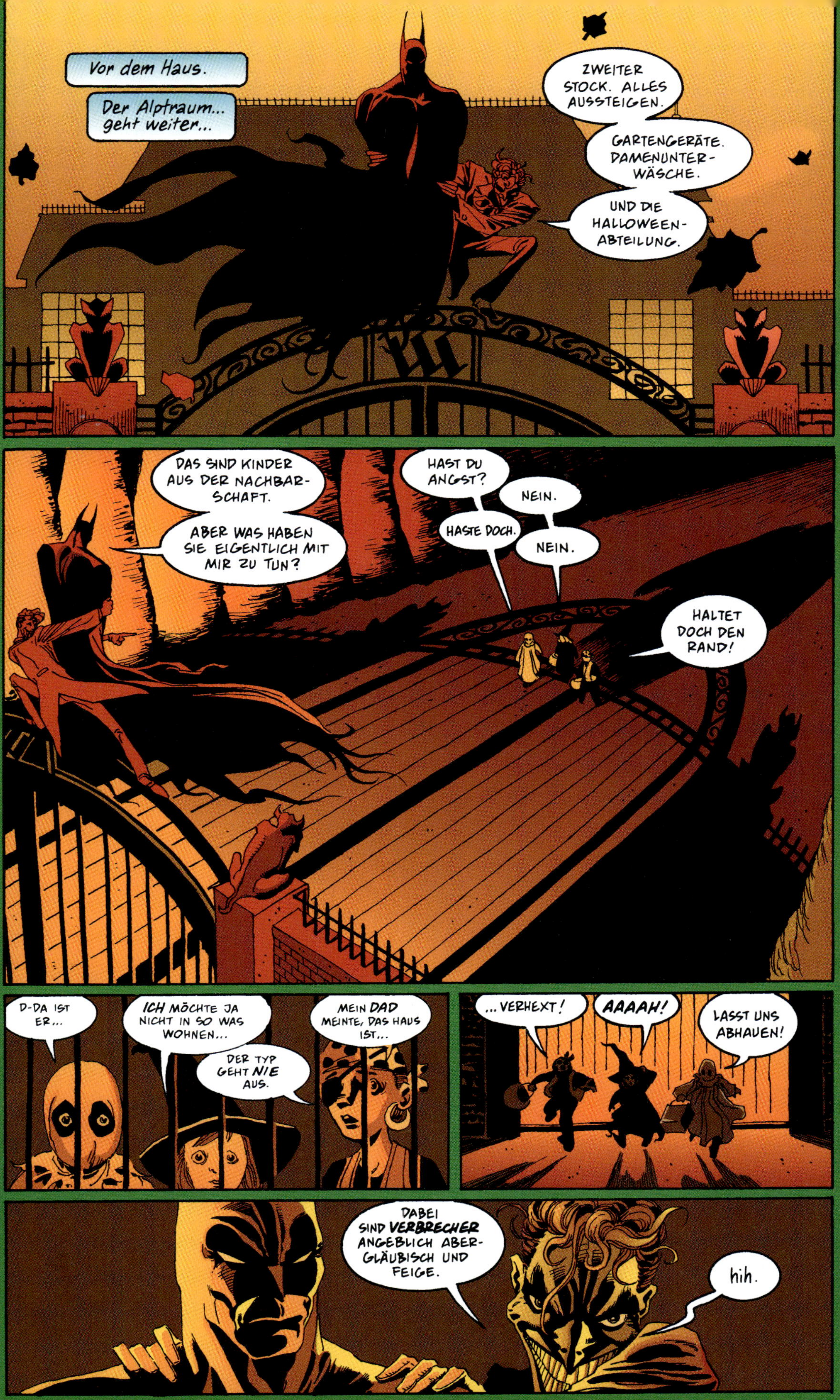
Vor dem Haus.
Der Alptraum... geht weiter...
ZWEITER STOCK. ALLES AUSSTEIGEN.
GARTENGERÄTE. DAMENUNTER-WÄSCHE.
UND DIE HALLOWEEN-ABTEILUNG.
DAS SIND KINDER AUS DER NACHBAR-SCHAFT.
ABER WAS HABEN SIE EIGENTLICH MIT MIR ZU TUN?
HAST DU ANGST?
NEIN.
HASTE DOCH.
NEIN.
HALTET DOCH DEN RAND!
D-DA IST ER...
ICH MÖCHTE JA NICHT IN SO WAS WOHNEN...
DER TYP GEHT NIE AUS.
MEIN DAD MEINTE, DAS HAUS IST...
...VERHEXT!
AAAAH!
LASST UNS ABHAUEN!
DABEI SIND VERBRECHER ANGEBLICH ABER-GLÄUBISCH UND FEIGE.
hih.

HÖR MAL...
MIR FÄLLT GERADE AUF...
WIR HABEN **ALLE BEIDE** KEINE FREUNDE.
UND EINER, DER UNS NÄHERKOMMEN **WOLLTE,** WÄRE **GARANTIERT...**
¡IRRE!
ICH
BIN
NICHT
WIE DU.
SO?
HAST DU DIR DIE KINDER **GUT** ANGESEHEN?
ACH, KINDER, WIE DIE ZEIT VERGEHT.
UND ES WAREN **SCHÖNE** ZEITEN.
EIN GEIST FEHLT NOCH, BAT-NASE.
UND ICH SAG DIR...
... EIN **KILLER!**

BONG
BONG
BONG

Kalt.
KRAK
WO...
WAS IST MIT DEM HAUS PASSIERT?!
WO IST ALFRED?!
KRAK

ICH KENNE DIE STELLE.
DAS GRAB MEINER ELTERN.
WER IST DAS DA HINTEN?
ALFRED...?
ER IST... VIEL ÄLTER...
... ZU WESSEN GRAB GEHT ER?

BRUCE WAYNE
NEIIIIIN!

UH?
WIE KANN DAS SEIN?
BIN ICH SO SCHNELL VERGESSEN?

WOLLTE MEIN VATER MIR **DAS** MIT-TEILEN?
ÜBER ALL DEN **VERDIENSTEN** BATMANS...
... BLEIBE ICH SELBST IM SCHATTEN?
GEIST, IST DIES DER ENTWURF DER ZUKUNFT...
...ODER KANN ICH SIE NOCH ÄNDERN?
BRUCE WAYNE
SAG'S MIR!

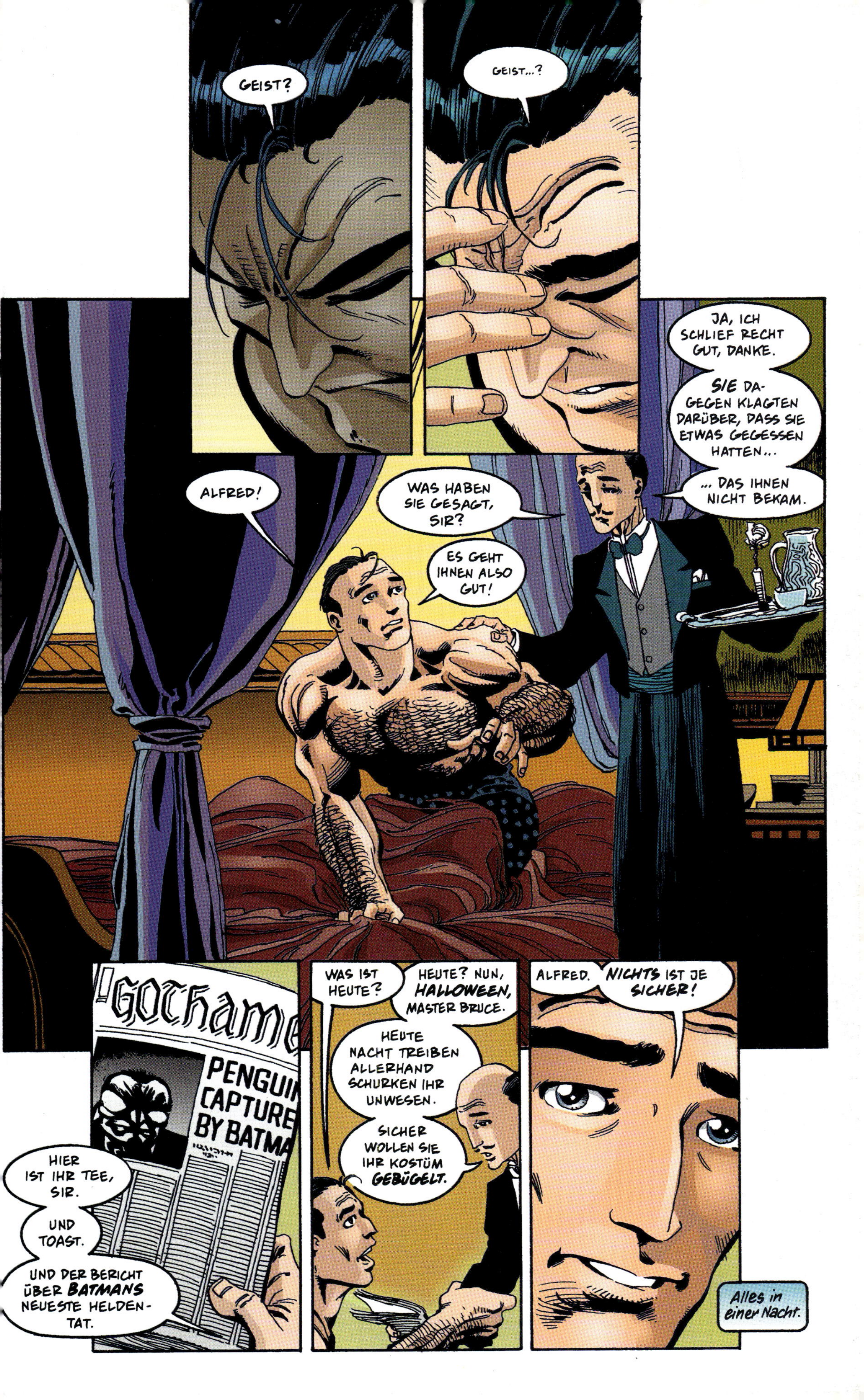
GEIST?
GEIST...?
JA, ICH SCHLIEF RECHT GUT, DANKE.
SIE DAGEGEN KLAGTEN DARÜBER, DASS SIE ETWAS GEGESSEN HATTEN...
... DAS IHNEN NICHT BEKAM.
ALFRED!
WAS HABEN SIE GESAGT, SIR?
ES GEHT IHNEN ALSO GUT!
GOTHAM
PENGUIN CAPTURE BY BATMA
HIER IST IHR TEE, SIR.
UND TOAST.
UND DER BERICHT ÜBER BATMANS NEUESTE HELDENTAT.
WAS IST HEUTE?
HEUTE? NUN, HALLOWEEN, MASTER BRUCE.
HEUTE NACHT TREIBEN ALLERHAND SCHURKEN IHR UNWESEN.
SICHER WOLLEN SIE IHR KOSTÜM GEBÜGELT.
ALFRED.
NICHTS IST JE SICHER!
Alles in einer Nacht.

Wie soll ich das Ganze einordnen?
Die Geister haben ihre Aufgabe offenbar in...
...einer Nacht bewältigt!
Die Bibliothek ist am Platz.
Alles ist wie zuvor...
... bis auf...
SOLLTE ICH VIELLEICHT DEN ARZT RUFEN, SIR?
NEIN, ALFRED, ABER FALLS SIE LUCIUS FOX ERREICHEN...

... bitten Sie ihn am Nachmittag zum Cocktail...
NUN?
ICH BIN... ETWAS VERWIRRT.
SIND SIE WIRKLICH ENTSCHLOSSEN?
ICH WAR MIR NOCH NIE SO SICHER.
ICH MÖCHTE, DASS MEIN NAME, MEIN RUF UND...
... DAS WAYNE-VERMÖGEN IN GOTHAM WEITER WIRKEN.
DIE „WAYNE-STIFTUNG".
„FÜR ALLE BENACHTEILIGTEN".
GEFÄLLT MIR.
ABER, BRUCE, WIE FÜHLEN SIE SICH? DIE SCHIESSEREI GESTERN...
SCHON GUT...
... DER ABEND WAR UNGEWÖHNLICH.
OKAY.
ICH MUSS LEIDER GEHEN...
... ICH MÖCHTE MIT MEINEN KINDERN HALLOWEEN FEIERN.
VERSTÄNDLICH.
MOMENT NOCH...
... DAS HIER GEHÖRT WOHL IHNEN.
MEIN MEDAILLON...?
DIE POLIZEI ZEIGTE MIR DIE BEUTE DES PINGUINS...
... ICH ERKANNTE DAS STÜCK UND WOLLTE ES IHNEN ZUM ZWEITENMAL ZURÜCKGEBEN.
SIE WISSEN GAR NICHT, WARUM ES MIR SOVIEL BEDEUTET.
ES IST VON MEINEM VATER. ALBERN, NICHT?
NEIN, LUCIUS.
ÜBERHAUPT NICHT.

WÄRE IHNEN WOHLER, WENN SIE HEUTE NACHT **AUSGINGEN,** SIR?
WAS IMMER HEUTE NACHT IN DER STADT GESCHIEHT, **CAPTAIN GORDON** WIRD DAMIT **FERTIG.**
ICH HOFFE NUR, DIE **STROM-RECHNUNG** WIRD NICHT ZU HOCH...
... ICH WEISS NICHT, WANN HIER ZULETZT **SO VIELE** LICHTER AN WAREN.
COOL...
SÜSSES ODER SAURES!
HALLO.
Ich werde nie ganz verstehen, was letzte Nacht passiert ist.
Vielleicht will ich es auch gar nicht.
Aber bei mir mußte sich etwas ändern.
Und es hat sich geändert...
LOEB SALE 1995

style
10

BATMAN™
presents:
THE POWER
OF BATMAN
& ROBIN.
Figuren und Fahrzeuge
zum neuesten Kinofilm.
Überall, wo es
Spielwaren gibt.
Kenner